D/J

Un ours pour Noël

POUR FLORENT

HOLLY KELLER

Traduit de l'américain
par Henri Benoît

Messidor / La Farandole

Copy 1

ACHETE AVEC UNE SUBVENTION DU
MINISTERE DES AFFAIRES CIVIQUES
ET CULTURELLES DE L'ONTARIO

Cet ouvrage est paru sous le titre original :
A Bear for Christmas.

Couverture de Holly Keller.

Achevé d'imprimer en octobre 1989
pour le compte des éditions Messidor / La Farandole
146, rue du Faubourg-Poissonnière, 75010 Paris
sur les presses de la Sadag à Bellegarde (Ain).
Dépôt légal : octobre 1989.
Loi n° 49.956 du 16.07.49
sur les publications destinées à la jeunesse.
ISBN 2-209-06214-4.
Numéro d'édition : 2753.
289068N1

© 1986 by Holly Keller.
© Texte français
Editions Messidor / La Farandole 1989.
Tous droits d'adaptation
et de reproduction réservés.

POUR RANDY

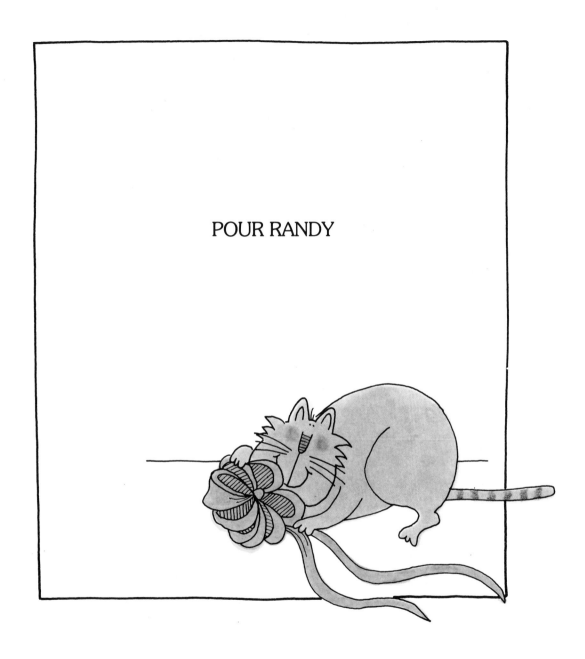

Florent regarde le gros paquet posé sur la table.
C'est grand-mère qui l'a envoyé.

L'emballage est déchiré. Florent aperçoit
la boîte rouge et brillante qui est dessous.
Il sait que c'est pour Noël.

À l'heure du déjeuner, le paquet a disparu.

— Où est la grosse boîte ? demande Florent.

— Bois ton lait, dit Maman.

Florent comprend que c'est pour lui.

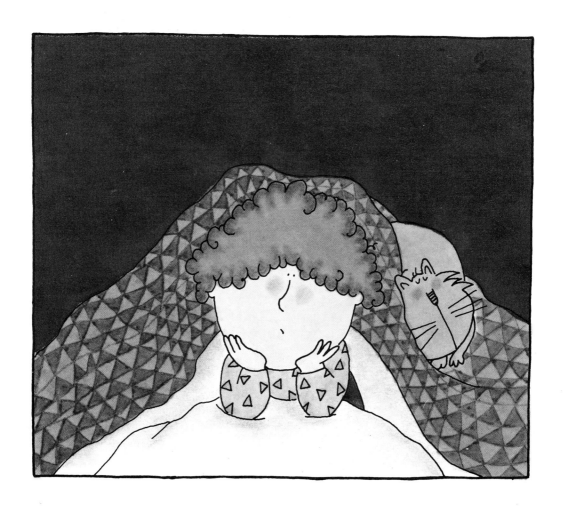

Tout l'après-midi, Florent pense au paquet.
La nuit, il ne peut pas dormir.

Le matin, Florent attend que sa maman
soit occupée à la cuisine.
Il veut seulement revoir le paquet encore une fois.

Il cherche dans la cave et dans les placards.

Il regarde derrière les rideaux et sous les lits.

Il monte au grenier
et c'est là qu'il le trouve.

Il soulève le couvercle un tout petit peu,
puis complètement.

L'ours est presque aussi grand que lui.
Florent pense qu'il l'appellera Fred
comme l'épicier qui lui donne des biscuits.

Quand Arnold vient jouer,
Florent lui parle de Fred.
— Tu veux le voir ? lui dit-il tout bas.

– Super ! dit Arnold ; il est énorme !
On peut le sortir de la boîte ?
Florent n'en est pas bien sûr.
– Rien qu'une minute, supplie Arnold.

— Je crois que ce serait mieux de le remettre, dit Florent.
— Jouons avec, rien qu'un petit peu.
— Non ! vaut mieux pas, insiste Florent.

Florent empoigne Fred
et Arnold le tire à lui.

— Lâche-le ! crie Florent, il est à moi.
— Je vais le dire, hurle Arnold.

Florent entend bien que l'ours se déchire
mais il n'ose pas regarder.

— Oh la la ! dit Arnold, je ne l'ai pas fait exprès.
Florent remet Fred dans la boîte.
Arnold a bien envie de rentrer chez lui.

Ce soir-là, maman a préparé des spaghetti
pour le dîner mais Florent ne peut rien avaler.
— J'ai plus faim, dit-il.

Florent s'est allongé sur le canapé
et s'est endormi tout habillé.
Il a rêvé qu'il se sauvait de chez lui.

Papa a acheté un sapin de Noël et maman a préparé
un grand saladier de pop corn qu'on enfile sur
des ficelles pour en faire des guirlandes.
– Fais-les toi-même, maman, dit Florent.

Et il ne veut pas chanter les cantiques de Noël.

Le matin de Noël, Florent a reçu des livres, un tambour, un bateau pour mettre dans son bain et un petit train.

La grosse boîte rouge est derrière le sapin.
— Tu ne veux pas de celui-là ? demande papa.

Maman ouvre la boîte. Florent aperçoit Fred
sous le papier.

— Maman..., murmure Florent, mais maman
est déjà en train de sortir Fred de la boîte.

Florent n'en croit pas ses yeux. Maman sourit.
— Joyeux Noël ! Florent, dit-elle ; je crois que Fred
est en meilleure forme, maintenant.

— Comment l'as-tu su ? demande Florent.
Maman éclate de rire.
— Moi aussi, j'ai fait la curieuse.

NOV 2 9 1990

— Qui a faim ? demande maman.

— Tout le monde ! s'écrie Florent.

— Bien, dit maman, allons prendre notre petit déjeuner.

— Il s'appelle Fred, dit Florent à papa.
— C'est un joli nom, répond papa.